风情桃花湾

赵Ᾱ生 总策划
蒋育亮 主编
黄宝生 副主编
李侃 著

魅力桃花湾丛书

GUANGXI NORMAL UNIVERSITY PRESS
广西师范大学出版社
·桂林·

图书在版编目（CIP）数据

风情桃花湾 / 李侃著．—桂林：广西师范大学出版社，2014.3
（魅力桃花湾丛书 / 蒋育亮主编）
ISBN 978-7-5495-5176-7

Ⅰ．①风… Ⅱ．①李… Ⅲ．①随笔－作品集－中国－当代 Ⅳ．①I267.1

中国版本图书馆 CIP 数据核字（2014）第 044700 号

广西师范大学出版社出版发行
（广西桂林市中华路 22 号 邮政编码：541001
网址：http://www.bbtpress.com）
出版人：何林夏
全国新华书店经销
桂林广大印务有限责任公司印刷
（广西桂林市临桂县金山路 168 号 邮政编码：541100）
开本：787 mm × 1 092 mm 1/32
印张：3.375 字数：60 千字
2014 年 3 月第 1 版 2014 年 3 月第 1 次印刷
定价：28.00 元

自治区党委书记彭清华在鲁家视察期间品尝鲁家传统美食豆腐花　周波 摄

2013年6月15日下午，自治区主席陈武（前中）在鲁家村视察　唐顺生 摄

开村一刻　汤志宏 摄

美丽新家园　文绍军 摄

总　序

赵珖生　蒋育亮

桃花江，漓江的姊妹河。

她，没有大家闺秀的漓江雍容华贵，更没有漓江因“山水甲天下”而声名远播。她，宛若一位低眉娇羞的邻家少女，“养在深闺人未识”。

桃花江，发源于灵川县青狮潭镇山上村委上古坪村的“磨石滂”，全长61公里。上游由磨石滂到临桂庙岭道光村，叫潦塘河，长约36公里。自道光村到桂林入漓江的下游段，则叫桃花江，长25公里。桃花江从灵川定江镇的莲塘村委进入秀峰区演波村，自南向北，又折北向南，形成大回环状，构成一个巨大的“几”字，最后在宁远河归入漓江。故桃花江在秀峰段，又叫桃花湾。

桃花江，原名“阳江”，后因江的上源有“华岩洞”，常有桃花从洞中漂出，故又名“桃花江”。明末文人邝露在桂林期间所著《赤雅》的卷中“华岩洞”条目中这样记载：“华岩洞，在灵川西南二十里，高数仞，显敞寡俦，香泉萦绕。世传常有桃花片，阔寸许，从洞中流出。壁上仙人诗，云：‘岩前流水无人渡，洞口碧桃花正开。东望蓬莱三万里，等闲归去等闲来。’”足见，桃花江自古充满神奇和浪漫。

桃花江畔旧时遍植桃花，阳光下映照一江绮丽。江上泛舟，河道迂回曲折，素有“九曲十八弯”之誉。进入桃花湾，两岸愈加峰回路转、阡陌似锦，好一派都市城郊的“世外桃源”。宋人张栻在《仲春过阳亭》的诗里这样写道：“亭古危临岸，林幽巧近城。烟容随雨住，花片着溪清。春事已如许，客怀谁与倾？亭前两好树，满意欲敷荣。”

在桃花湾，江流平缓，清幽恬静，自古倾倒无数文人墨客。

明清时期，江上画舫彩舟来往穿梭，盛极一时。明代诗人俞安期的《泛舟阳江》中写道：“放舸遵阳水，牵江上石梁。气冲微雨白，影入众山苍。雁急弦移柱，龙闲笛卧床。还歌彩菱曲，月出下回塘。”其中生动地描述了在桃花湾放棹观景的感受，也说明了明代桃花江已经成为放棹游览的胜地。清光绪十七年(1891)，桂林画家兼诗人朱树德发现了桃花江秋月当空美丽的梦幻夜色，不胜感叹：“秋夜，月明江流，照澈大桥，闲步一望，秋光如昼，月色皎洁，波影澄清，兼之漓山特起水滨，若瞻蓬岛。极目风景，爽气扑人眉宇之间。”于是，他诗兴大发，无比感怀地赋诗一首：“阳江城南绕，涟漪空翠浮。扁舟隔林浦，把钓当清流。蟾影一江澈，波光射危楼。澜回水月洞，澄涵古今秋。”诗的名字叫《阳江秋月》。从此，“桂林新八景”中收录了一处叫做“阳江秋月”的美景。

桃花湾，不仅风光旖旎，而且人杰地灵。

江畔的桥头村，唐朝曾诞生了广西第一位状元赵观文，在当时的“南蛮之地”名震中华。民国时期，芦笛岩下的庙门前村又出了一名大画家——阳太阳，他是漓江画派的领军人物，还获得了广西壮族自治区人民政府授予的“人民艺术家”称号。桃花湾的山峦，奇峰林立，让明代旅行家徐霞客流连忘返。甲山脚下的桃江河畔，是桂系的活动场所之一，曾建有诸多别墅，迄今仍保留着新桂系首领李宗仁的公馆。新中国成立后，中南局第一书记陶铸来桂调研，也曾寓居于此。

桃花湾流域的人民，为丰富多彩的桂林文化贡献了自己的聪明才智。桃花湾的敦睦村，是桂林米粉的发祥地。张家里的傩文化，是桂林傩舞、傩戏的“活化石”，宋徽宗时期即以八百变一副面具在皇宫技惊四座，如今仍保留着三十六神七十二相一百一十四首堪称天籁的傩乐。

桃花湾，所展现的历史文化极为珍贵、底蕴深厚，是桂林历史文化乃至岭南历史文化的瑰宝。桃花湾里的核心景区，有蜚声海内外的国宾洞——芦笛岩。芦笛岩洞深240米，游程500米，洞内有大量奇异多姿、玲珑剔透的石笋、石乳、石柱、石幔、石花，琳琅满目，组成狮岭朝霞、红罗宝帐、盘龙宝塔、原始森林、水晶宫、花果山等景观，游客目不暇接，如同仙境，被誉为“大自然的艺术之宫”，曾经先后接待了邓小平、李鹏、朱镕基、李瑞环等党和国家领导人。美国前总统尼克松、卡特，联合国前秘书长德奎利亚尔等80多个国家元首和政府首脑也曾前来参观游览。

美丽桃花湾，是大自然的慷慨馈赠，是桂林历史文化的丰厚遗产。

开发桃花江、建设桃花湾，加快建设桂林国际旅游胜地既是广大游客的热切祈盼，也是秀峰区人民和秀峰区政府一项紧迫的任务。2010年，秀峰区委、区政府决定以鲁家村建设为切入点，规划桃花湾、开发桃花湾，全面启动桃花江旅游度假区建设。在市委、市政府的领导下，在有关部门的通力支持下，仅仅三年时间，就将鲁家村拆旧重建，打造成为“广西特色旅游名村”。以鲁家村为龙头，又带动了庙门前、张家、合家等周边六个自然村改造建设。可以期待，不久的将来，桃花湾将成为桂林建设国际旅游胜地的靓丽名片。

为了帮助广大游客了解桂林、了解桃花江、关注桃花湾，我们特编辑出版《魅力桃花湾》丛书，力图从桃花湾的历史传说、风土人情、名人掌故、文化遗产和旅游资源进行深入挖掘，全方位地展示独具魅力的桃花湾，以飨读者。

是为序。

2013年11月30日

写在前面

桃花湾是一个美丽的地方。

《风情桃花湾》乃风俗、风物，风雅颂之国风、民风。

在近两个月的时间里，我十多次走进桃花湾，采访乡民、负责人、专家、学者，查阅了大量的资料，连同我在桂林几十年的生活积累，撰写出这本薄薄的小册子。

桃花湾　孙明光 摄

我想传递给大家的是，桃花湾不仅是一个美丽的地方，同时也是一个历史悠久的地方，有着丰厚人文积淀的地方，比如——

这里的古乐，旷世稀有。20世纪80年代，音乐工作者采撷到这朵奇葩。30年后，乡村中年轻一代成长了，决心继承传统，将其发扬光大，而原演唱者早已去世。年过八十的音乐家返回乡村，送来古乐光碟，让美妙的古乐获得重生。这就是抢救非物质文化遗产伟大意义之所在。

一块豆腐，其貌不扬，世世代代做它、吃它、卖它，而在新时代，政府扶持它，有识之士引导它，村民开发它——从豆腐村翻天覆地的变化中，我们体会到新农村蜜一样甜的幸福生活，听到了社会主义在祖国大地上行进的“咚咚”脚步声。

对不起，囿于篇幅，我不能摹写出桃花湾的全部。

就此，请你和我一道走进桃花湾，享受桃花湾，细细体味桃花湾的风情吧。

作者于2013年10月

目 录

桃花湾里听文场

在首届桂林桃花湾啤酒节丰富多彩的文艺活动中，我特别喜爱的是广西文场专场的演出。那天，从四面八方赶来参加节庆的乡亲很多，等我挤到古戏台前广场时，演出已经开始了。正是国庆放假期间，来的人真不少，有附近农村的老大爷、老大娘，有从桂林城和邻近县乡赶来的戏迷，热情的人们把广场挤宽了，把戏台子挤窄了。这时想找个座位是很难的，我担心影响别人，特意站在人后僻静的地方观看，悄悄地拍照。

许是有人通风报信，不一会儿，就有一个化好装的演员跑过来和我打招呼。我一看是桂林市戏剧创作研究院的曲艺演员叶春桃，她说："李老师，你躲在这里呀，我帮你找个座位。"我忙说："别，别，这里挺好，你安心演出吧——你演什么曲目？"她回答："《贵妃醉酒》。"说完，便回后台去了。

终于到了《贵妃醉酒》，小叶一开唱，掌声骤起，果然不同凡响。她在2012年第四届广西青年演员（戏曲、曲艺、话剧）大奖赛中，力压群芳，一举夺得曲艺类一等奖，是一个很

传统广西文场剧照　李侃 供稿

有前途的曲艺演员。

《贵妃醉酒》是广西文场的经典曲目。说的是杨贵妃这天傍晚喝了点小酒，浓妆淡抹，轻点朱唇，斜倚在躺椅上，兴奋地等候君王临幸。不料太监高力士禀报：万岁爷今晚在昭阳睡觉，就不过来了。杨贵妃听到这个消息，一下子就像经霜打了的小白菜，蔫哩叭叽……

西宫夜静百花香，
钟鼓楼前刻漏长。
杨贵妃酒醉沉香阁，

广西文场《春兰吟》剧照　李侃 供稿

高点银灯候君王。
高力士启奏娘娘，
今宵万岁宿昭阳。
杨贵妃闻听臣言语，
吩咐宫娥卸宫装……

你看看，这文词多么概括、精练，高雅而脱俗。你听听，那唱腔就如桃江江水般极富韵致，丝丝入扣，动人心弦。

200多年前，广西文场在桂林这块神奇的土地上风生水起。2008年6月，它被列入国家级非物质文化遗产名录，是目前广西唯一列于国家级“非遗”名录的曲艺品种。2012年，在广西文场传习基地挂牌仪式上，由我作词，桂林市曲艺团精心打造的一首《桂林山水文场魂》，演唱得声情并茂，使八方嘉宾听得如痴如醉：

山清清，水粼粼，
山环水绕桂林城。
鬼斧神工大自然，
山水铸就文场魂！
曲曼妙，调清新，
古朴典雅宫廷韵。
[越调]、[滩簧]、[寄生草]……
细腻柔美最抒情。
榕城丝管声切切，
瑶瑟轻弹秋色新。
一湾漓水半勺月，
清音醉倒天下人！
文场万里传承路，
雏凤勇追老凤鸣。
东风着意染蓓蕾，
姹紫嫣红满园春。

文场的曲调清新婉转而又细腻抒情，一直受到桂北、桂中、桂东北、桂西北等近40个市、县的广大群众喜爱。城镇圩寨都有能唱善演文场的“耍友”（票友），不论是婚嫁、丧葬、添丁、祝寿，还是商店开张、节庆赶圩，都爱请文场“玩子班”演唱。夏日纳凉，冬天烤火，也爱凑上几个“耍友”，清唱一曲文场段子消遣消遣，图个热闹。新中国成立后，文场艺人受到尊重，在曲艺社团中当了老师，有的还走上了大学讲坛授课。

文场音乐更是像漓江桃江的水一样清冽透明，不急不躁缓缓流淌。你是否听过由著名作曲家施光南创作、著名女歌唱家于淑珍演唱的《漓江谣》：

漓水清哟漓水长，
锦上流来画里淌。
青山秀水春色美，
花满桂林果飘香……

这首脍炙人口的歌曲就是采用广西文场的音乐谱成的。广西文场音乐唱腔中大跳音程特别多，由于在唱法上真假嗓子并用，加之发声方法比较科学，因而声区之间的衔接保持贯通和流畅。在唱、念上运用地道的湖广腔，是纯正的地方风味，

广西文场　何川 摄

还由于它是一种艺术性极为丰富的语言，使人感到亲切，同时特别富有情趣。凡听过文场的人，无不说它悦耳动听，韵味十足。尤其是盲艺人，囿于自身条件，只能坐地传情，那唱功好生了得，一句句唱腔，更是直接送到听众的心窝窝，让你如饮甘露，回味绵长。

广西文场曲调优美、唱词典雅，表现出皇家风格、宫廷韵味，具有无穷的艺术魅力，是曲艺宝库中的珍品。它入得了民房，也进得了厅堂。演唱家们曾先后为朱德、彭真、叶剑英、邓小平、陶铸等十多位国家领导人来桂视察作接待演出，招待过文艺界著名专家郭沫若、吕骥、赵树理、白杨、侯宝林、贺绿汀、李凌、马师曾、红线女、骆玉笙、罗扬、马季等。

若问我是什么时候喜欢文场的，说来话就长了。我本是湖南人，1957年到桂林求学。1958年3月的一个晚上，我与同学一道兴致勃勃地去七星公园参加游园活动。在园内，我们尽情地观赏美景，陶醉在节日的喜庆之中。忽然，从光华璀璨的山上传来阵阵乐声，有如天籁。我们追寻着声音到月牙山山腰的一个亭子间，只见一队民间艺人在演唱曲艺，唱的是《玉簪记》里尼姑陈妙常在秋江追赶书生潘必正的爱情故事。其情节十分凄婉，其曲调悱恻动人。在这么美好的夜晚，在秀甲天下的桂林山水之间，这美妙绝伦的音乐，深深地打动了一个少年的心。历史记载，这一天是广西壮族自治区成立的日子，我从此结识了广西优秀的曲艺——文场。20世纪60年代，我在桃花湾畔的桂中上学，经常听到十里八乡传出的民间曲艺演唱，桂林曲艺大师王仁和还率弟子到我们学校演出，我被吸引、被感动，那时我开始尝试写作文场、渔鼓等曲艺作品。

我于20世纪70年代调入桂林市群众艺术馆，接触曲艺的机会更多了。我潜心研究了广西文场等曲艺形式的规律之后，不断有新作品问世。使我走向全国的是我创作的一首广西文场《情深意切》。曲目描写从前线回来的荣誉军人华林，因伤残意欲放弃所爱，而他的对象秀云不离不弃，以真诚的爱心打动了他。故事虽简单，但情感真挚，曲调动人。当这个作品送到文化部初审时，发生了动人的一幕。当时专家们分南北组分别在评选节目，北方组以相声、评书为主，他们忽然听到南方组这边传出闻所未闻的美妙乐声，都跑过来听曲：“这是什么音乐呀，这么好听？”这是评委中一位老师后来说给我听的趣事，可见文场音乐是多么吸引人。这个曲目参加了1982年3月在苏州举行的全国优秀曲艺节目（南方片）观摩演出，获文化部颁发的二等奖。

1995年我被选为广西曲艺家协会主席，我和我的同事们决心继承传统，推陈出新，创作出崭新的文场。这集中表现在我们对现代题材《春兰吟》的打磨上。《春兰吟》写的是20世纪60年代初，朱德同志给桂林花农送兰花的故事。兰花喻示洁身自好、高风亮节的品格，而这正是朱德同志朴实而光辉形象的真实写照。他的崇高，与故事发生的背景地奇山秀水交相辉映，愈益光彩照人。有意思的是，那天，当我拿着这首词在曲艺厅朗读完后，整个大厅出现了短暂的沉寂。当年的“刘三姐”黄婉秋曾为朱总表演过《刘三姐》片断，朱总慈祥的笑容，一身正气两袖清风的崇高品格，又一次呈现在她的眼前，她动情地说：“太感动了，我的眼泪都流了出来。”之后，黄婉秋成为该节目的导演。本子确定以后，著名曲艺音乐家何红玉、阳继福欣然为之编曲，曲调里美妙清新如漓江水般的旋律，生动地体现了剧本所描绘的

鲁家村文艺演出盛况　唐顺生 摄

展演
桃花江畔 秋月映荷影 飞凤凌空
箫笛合奏 桂地樵歌唱舜尧盛世

情景。他们谱曲时既保留了传统文场音乐的特色，又融进了新的音乐元素，曲谱明丽、婉约、抒情，具有很强的感染力。《春兰吟》是一个独唱节目，演唱者是著名曲艺演唱家李伟群。李伟群尝试发挥文场传统声腔优势，既注意字正腔圆的唱腔亮度，又重视纯美质朴声情并茂的风格，有机地融进当代人演唱民歌及演唱兄弟曲种时的科学发声方法。她对曲目的处理，包括题材内容的规定性与曲中人物感情的特定性，与唱腔设计的时代感相融合，鲜明地区别于盲人文场演唱者惯用的缓歌慢板的情调。当然她也有慢板，但慢板不显拖沓；她也有快节奏，但激越不失韵味。这是全新的文场唱法。记得在平顶山市参加第二届中国曲艺节首场演出，是夜，一千多人的剧场坐得满满当当。开演数分钟，那明丽、柔婉的唱腔深深打动了观众，新华社专稿《一场〈春兰吟〉，倾倒众看客》写道：“感人至深的剧本和情真意切的表演，为曲艺节增添了光彩。” 据悉，新华社为本届曲艺节单个节目发专电仅此一篇，中国国际广播电台向海外播发了这篇文章，中央电视台随即多次播放了节目录像。《春兰吟》参加中国曲艺节，荣获了曲艺节牡丹奖，1997年获广西文艺创作铜鼓奖和文化部第七届文华新节目奖，开创了广西小型文艺节目获文华大奖的先河。一个10分钟的文场节目连中三元，这在广西曲艺史上是绝无仅有的。

聚桂山之灵气，采漓水之精华，铸就文场典雅、细腻、柔美的高贵品质。美哉，广西文场！难怪上海音乐学院原院长、著名音乐家贺绿汀先生，在访问桂林时，听说桂林的文场音乐特别优美，他考虑时间有限，只想听一个小时。这一听不打紧，竟然忘记了早晚，足足听了一整天，还意犹未尽，他欣然题词“广西文场是桂林市最珍贵的特产”。他还建议要“花极大的力量录制广西文场”，“国际旅游者要买当地特产，如能得到它的录音或激光唱片（CD），比任何纪念物都好”。原中国音协副主席、著名音乐家李凌先生认为：“广东戏曲受广西文场音乐的影响很大，湖南戏曲也和它有极深的血缘关系。”这就说明文场无论是在学术性上还是在实用性上都有很高的价值。

我徜徉在桃花湾那密密的桃林中，耳边传来舒缓柔美的丝竹声，循声远眺，只见一对情侣，驾着一叶扁舟，在桃江上悠然地划着，正是他们船上播放的文场音乐在流淌。此时，情景交融，水天一色，美得让你心醉！仿佛间，我觉得，广西文场就是专门为桃花湾配制的韶乐，此曲只应桃花湾里有，此曲只应在桃花湾里听，此歌只应在桃花湾里唱。在这里没有生活的烦躁，只有居者的平静、旅人的安宁，你得到了平和宁静，收获了淡雅和洒脱，心境更空明了。

伴随着清新俊逸的文场音乐，在桃江上泛舟品茗，这是我十分向往的生活，你呢?

请关掉手机，和我一道在桃花湾里听文场吧。

桃花湾的『假面舞会』

桂林市秀峰区2013年农历“三月三”民族歌圩节上，来自广西区内外各路民间艺人，角逐金牌狮王争霸赛、金鸡斗鸡争霸赛、桃江山歌擂台赛、桃江丽人选拔赛、金剪剪纸艺术赛、金舌媒婆大奖赛等一系列民间文化赛事，既激烈，又意趣横生。其中最为引人注目的当是“神秘傩舞表演赛”，这使得前来观看的市民大开眼界、大饱眼福。

比赛开始，一队队穿着戏服、戴着面具的演员依次登台，随着音乐和锣鼓节奏表演一些夸张的、程式化的动作。舞台下面，端坐着不少桂林市知名的戏剧和舞蹈专家，我深深感到表演赛的魅力了。记得20世纪80年代我在市群众艺术馆工作时，艺术馆民间文艺工作室曾经邀请乡间老艺人来馆表演民间舞蹈。我从来没有见过这种舞蹈，一个老者戴着俊俏的女人面具，在安静地做着各种各样诸如生产劳动、生活起居等动作。我看出了一点名堂，老者是表演一个乡间妇女在教人种棉织布的一连串舞蹈语言。我问室主任这是什么舞，室主任告诉我，这是民间跳神，正式的名称是“傩”。这个舞蹈名叫《纺织

鲁家村戏台上表演的傩舞　林京学 摄

桂林中药农业发展有限公司
康师傅
矿物质水

娘》，纺织娘又称水母、水神，阳朔福利老艺人倪辅仁称其为“伏衣氏”。

我第一次听到这个“傩”字，觉得十分新鲜。回到办公室，我便想搞清楚“傩”是什么意思。翻词典、查找资料，慢慢明白它原来是古代一种迎神赛会、驱逐疫鬼的仪式，亦是古老的民间面具舞，它与其他民间舞蹈艺术一样，兴于祭祀。傩，周为傩礼，是宫廷中的礼仪，由天子传令执行。秦汉时期

傩舞　徐贵书 摄

承袭周礼。到唐宋时期，傩为驱傩。桂林傩队在宋代极为盛行。陆游《老学庵笔记》记载：“政和中，大傩，下桂府进面具。比进到，称一副。初讶其少，乃是以八百枚为一副，老少妍陋，无一相似者，乃大惊。至今桂府作此者，皆致富。天下及外夷，皆不能及。”这是说在宋徽宗政和年间（1111—1117），朝廷举行大傩仪式，下旨桂府进贡戏面。当时桂州府只送了一副面具，使宫中百官大为惊奇，为什么才贡来一副面

桂林跳神　徐贵书 摄

具呢？后仔细察看，原来这副面具是由八百枚戏面组成，其中有老有少，有美有丑，形态各不相同。宫中官员大为吃惊，竟有如此精湛的工艺。据说桂林许多人靠做面具发财致富了，因为全国各地和外国人都赶不上桂林人做的好。宋代范成大在《桂海虞衡志》中记载：“戏面，桂林人以木刻人面，穷极工巧，一枚或值万钱。”南宋曾在桂林静江府任镇江通判的周去非撰写的《岭外代答》有更为详细的记述：“桂林傩队，自承平时闻名京师，曰‘静江诸军傩’。而所在坊巷村落，又自有百姓傩。严身之具甚饰，进退言语，咸有可观。视中州装队仗似优也。”由这里可以看出，宋代是桂林傩的鼎盛时期，有静江诸军傩，还有百姓傩。元以后，诸军傩消失，明代傩习俗仍然盛行。到了清代，桂林全部是百姓傩的形式了，且相对固定为三十六神（或三十六神七十二相）。

话题回到秀峰区桃花湾“三月三”民族歌圩神秘傩舞表演赛上。桃花江边桥头村委张家村的《公王》登场了，我看到表演中有主人公下山的动作，接着梳妆、洗脸、作揖，还有两两相对下棋、捕鱼的舞蹈。又上来一将，挥剑、舞剑，看似校场比武的动作。不一会众人将他抬了下去。最后有一人背着很大的腰鼓，击鼓而歌……我真的不大看得懂节目的内容，问了几位同行，他们也只能大略说出这是记叙令公的日常生活和他得胜回来的意思。深入采访，张家有演员告诉我，《公王》又称《令公》，桂林一带奉令公为主神，说他能慑服魈气。艺人中对令公有不同的说法，一说是《封神榜》中的托塔天王李靖，另一说为唐朝岭南安抚使、桂州大总管李靖，因为他有功于桂，深得人们信服。原唱词言道："龙飞凤舞太平年，迎接大圣李通天。"李通天是李靖的儿子，又说是杨令公等，莫衷一是。桂林二塘常家村的令公庙供奉的令公，也没有说明是哪一个令公。到底是何许人，在舞蹈内容上没有表现出究竟。不过，节目中李靖被奉为主神无疑。他的面具有红、白、金三层不同的相，在表演过程中，根据内容"脱相"，变换面具，同时变换舞蹈动作。

从宫廷中的傩礼，一种隆重而庄严的祭祀仪式，到民间傩舞傩戏，成为一种驱逐疫鬼的酬神娱神活动，甚至是一种文娱活动。傩，历经几千年而延绵不绝。桂林傩舞，是当地民间艺术的璀璨明珠，俗称"桂林跳神"，在一种名为"还大愿"的活动中演进。

旧时，桂林乡民在农历十月二十一日至二十三日举行"还大愿"时，或在农历八月十五中秋节时都要跳神。大凡在桂林度过童年的人，都能欢唱这样一首儿歌：

卖龙卖龙车车，
还龙还龙愿愿，

傩舞　徐贵书 摄

买个猪头还大愿，

大愿不吃猪头肉，

买个狗仔来看屋，

狗仔狗仔你看家，

我到后园摘红花，

红花摘完了，

抓到一对大蚂蚱。

“还大愿”时大家集中在祠堂、山坡，奏响鼓乐，跳起傩舞，以还大愿，祈求平安，驱逐疫鬼。“还大愿”每三年兴办一次，在桂林乡间，几乎村村举行。娱神活动有先有后，整个十月，箫鼓之声不绝。户户准备食品，家家打扫门庭。尤其是在近三年出生的男孩家庭，要挑上甜酒到现场，把喜庆分送给大家。而中秋的活动，主要是祭祀武则天，唱的是《武婆》。清康熙十二年（1673）《桂林府志》风俗篇里记载：“又祀武婆，谓武则天也。”不仅跳神有此舞目，乡间天旱祈雨，也有抬花轿敬武婆迎神，祈天落雨之举。武婆的面具为女相，较丰满，头上还戴着皇冠。

跳神艺人，他们能唱擅演，一般都能演唱多个本子，颇受人尊敬。桂林傩舞曲目十分丰富，有《开山》《令公》《鲁班》《土地》《盘古》《武婆》《山魈》《都天》《北帝》

《门神》《耕种郎》《圣母》《雷祖》《纺织娘》《赵公元帅》《莫王》《判官》《五府》《灵宫》《游江》《哪吒》《广福》《梅山》《老君》《焦炉》《二郎》《玄女》《梁昊》《嵩山》《十月怀胎》《孟姜女》《白马三姑》《真武祖师》《龙母》等数十个。这些篇目，受时代的局限，不可避免有或多或少的迷信色彩，但有的又不乏积极的意义。劳动者创作出来的神，自然来自生活，来自自己的体验。《盘王》在这方面是突出的例子，请看唱词：

一神去了一神当，
先王盘古出岭来。
天皇地皇人皇降，
三皇五帝定太阳。
但唱打开天地日，
又无日月暗昏昏。
盘王头发化草木，
连心十指化石山。
将那两眼化日月，
日照河山夜太平。
两耳将来化卦子，
鼻孔将来定阴阳。

一口牙齿化星斗，
骨肉将来化泥尘。
大肠化为五湖海，
小肠化为五岭脉。
盘王一身都化尽，
一身化尽留英名。
酬你台上来奉请，
先王盘古降来临。

从中我们可以看出盘王开天辟地的丰功伟绩，献身天地的精神光辉。酬神娱神中，艺人倾情赞颂盘王，表达了人们对祖先的崇拜和对英雄的敬重。

傩戏傩舞，主要的道具是面具。前面介绍过，桂林傩面在宋代就“穷极工巧”，是宫廷接纳的贡品。桂林做傩面的人还发了财呢。桂林面具，是具有独特风格的雕刻艺术，木质多为樟木，雕工极为精细，不仅能雕出面肌，面上还能雕以冠、盔，或帽、或巾、或髻及头饰，还有须髯。眼球留有圆孔，便于舞者观察。面具神态丰富，绘以彩色，以此分辨不同人物的性格特征。

“三月三”民族歌圩上神秘傩舞表演赛还在继续……

这时，我听到身边有一个人问：“先生，请问……”我回头一看，原来是一个中年外国人抱着一个四五岁大的孩子挤了过来，我不能确认他是在向我打招呼，便说："先生，你是叫我吗？"他的普通话不是很标准，说："是的，请问，这是中国的'假面舞会'吗？"我说："是的，有点像……"我一时不知道如何回答他好。我曾经出访过西方国家，见识过他们的假面舞会。我知道，在西方国家，每年的10月31日，有个"万圣节之夜"。这一晚是一年中最"闹鬼"的一夜，所以也叫"鬼节"。于是人们就在这一天戴着可怕的面具，打扮成动物或鬼怪，赶走在他们四周游荡的妖魔。这也就是今天全球大部分人以古灵精怪的打扮，开着假面舞会来庆祝万圣节的由来。我对这位外宾说："是的，这是我们桃花湾的'假面舞会'。"他高兴了："太好了，中国的'假面舞会'，太有意思了。"他的小孩更兴奋，说："爸爸，我也要参加'假面舞会'。"

（感谢钟仕聪老师接受采访）

桂林划龙船的由来和桃江龙船歌

在桂林，有大河（漓江）龙船歌，还有小河（桃花江）龙船歌。同一座城市里，有两套各具特色的龙船歌并存，真是一种独特的文化现象。

桂林划龙船的习俗久矣。唐朝大诗人李商隐在《桂林即事》一诗中写道：

城窄山将压，
江宽地共浮。
东南通绝域，
西北有高楼。
神护青枫岸。
龙移白石湫。
殊乡竞河祷，
箫鼓不曾休。

这首诗记录了桂林当时龙舟竞渡的盛况。白石湫在桂林城北二十里，说明龙船划到了比较远的地方。唐朝诗人宋之问、明朝旅行家徐霞客也都对桂林划龙船有具体的记载。明朝学者邝露在他的《赤雅》一书中的描写则更为细致：“桂林竞渡，舟长十余丈，左右衣白数人，右麾白旗，左麾长袖。为郎当舞，中扮古今名将，各执利兵，傍置弓弩，遇雠敌不返，兵胜则枭首而悬之，铙歌合舞。十年一大会，五年一小会，遇甲戌为之，有司毫不敢诘。”

说到桂林划龙船习俗的由来，我国在汉族地区流传较为广泛的说法是，战国时期楚国的屈原受奸臣陷害被流放，他郁郁不得志投汨罗江而死。人们划船去打捞他的尸体，久而久之，便形成了端午划龙船的风俗。

而我们桂林的一种说法很特别。据说在唐朝的时候，海里有一条金角老龙，请鬼谷师算八字，鬼谷师算出金角老龙当年必须在皇城内化雨三点，城外化雨七点，这样才能使风调雨顺、百姓安康。他们相约以性命为赌注，并由魏征做中人。金角龙为了使鬼谷师的鬼算不准确，化雨偏偏与鬼谷师的算数相反，即皇城内化雨七点，城外化雨三点。于是天下大乱，城内大水淹死了人；城外大旱，禾苗都枯死了。魏征丞相来裁决执行他们的诺言，限五时三刻杀死金角老龙。老龙自知闯下大祸，性命难保，迫向唐王求救。唐王应老龙之求，故意与魏征下棋，以便拖延杀龙的时间。谁知魏征有神魂追赶之术，将老

民俗奇葩　黄立红 摄

鲁家村游艺活动　兰光明 摄

龙砍了。唐王悔恨莫及，便许诺普天之下，要个个扒（扒即划）龙船来纪念老龙。

桂林有所谓“十年一大扒，五年一小扒”之说，即有十年或五年集会扒龙船的惯例。“五月五，整好龙船过端午。”在扒龙船那年的年初一，就要开始进行准备工作了。首先在地界上、下、左、右“开鼓”，向世人发布今年要扒龙船的消息。讯号发出后，就有全城及郊区各个划船的村（街）前来进香、供神、祝贺。开鼓时也唱歌，之后不断有人加入队伍，一直要唱到二三月份，然后就大唱特唱。仪式一般在庙宇中进行，一庙一船。其中农历二月二的“龙抬头”是龙王爷下殿的日子，要举行仪式，唱龙王爷下殿的歌，待大师念完咒语，本地耆老便开始唱《贺歌》：

恭贺言来老龙听，
老龙下殿显神灵；
老龙下殿多保佑，
保佑弟子船太平。
十年逢戊大划船。
圣驾出游济苍生；
五谷丰登献国宝，
人畜兴旺谢龙恩。

歌毕，各家各户抬着三牲、糖果等贡品前来朝拜、祈福，跪在龙王面前默念、祷告。有“龙王亲戚”的各村（街）都派员前来，免不了上香送贺礼。主人则摆酒席招待客人，席间宾主谈吐甚欢，和谐亲切一如家人，客人走时，还要敲锣打鼓、鸣炮唱歌欢送。这时所唱的歌其内容是诉说别后十年的遭遇，相互问候、道安之类。形式上为一唱一答，词句随口编成，绵绵不绝，常有通宵达旦连唱的，充分显示了劳动者的智慧和团结友爱精神。

往下就要推举“出山老龙翁”，又名“首事”。这是划龙船的总指挥，一切事务由他主持，包括首次划船时站在船头执手旗指挥前进。这是很威风的角色，因而必须由很有威望的人担当。参选条件要求很高，比如说要有60岁、道德高尚、家庭殷实、乐善好施、夫妻同堂、儿孙满堂等等。新中国成立前有一年，桃花江划龙船，一个叫黎六四的和一个叫丁精山的为当“首事”，争执不下，因为两人条件相当，后来有个秉公正直的人发言，认为丁精山是结发夫妻，这比黎六四半路夫妻要强，最后丁精山当选。

各地龙船队在江河练习划船，水手们同时学唱龙船歌。到了五月初五日，龙舟竞渡时，所唱的歌有领唱、合唱，包括发兵歌、开船歌、游船歌、贺歌、转艄歌、收兵歌、哭雨歌、得胜歌等。这些歌，大多没有歌词，而是根据扒船时自然而然

桃花湾龙舟赛　廖天福 摄

的口语编成，其音调时而激昂，时而喜悦，也有平稳、舒缓的流露。比赛紧张而激烈，龙舟有如出水的蛟龙，由远及近，鼓声、歌声、呐喊声响成一片，两岸观众更是掌声雷动，加油鼓劲之声响彻行云。数十人的歌唱，加上锣鼓声，木浆划水声，此起彼落，甚是雄伟壮观。

经过一天的比拼，江水复归平静，更为精彩的“走龙亲”活动开始了。在夜幕中，一条条“火龙”驶来，这是白天夺得头筹的龙船“走亲戚”来了。他们点燃火把、汽灯，载着礼品和盛情，一处处拜访致意。主人在河边迎接，高唱龙船歌，衷心祝贺取得荣誉的来访者：

恭贺人来恭贺人，
恭贺我们的老龙亲，
十年一扒来相会，
远近都闻贵村名。

客人显得格外谦虚，回答道：

搭帮兄弟搭帮人，
老龙搭帮大哥亲，
十年相逢再来会，

下回比赛你扬名。

场上是对手，场下是朋友。你来我往，你歌我答，竞赛是暂时的，友谊是永恒的，这充分体现了龙的传人龙的精神。

桂林划龙舟最为热闹的一次是1948年，那一年是戊子年，恰逢李宗仁当选副总统。当时的市长苏新民对这次龙舟赛特别上心，特意造了60人的大船，又从灵川县九屋、潭下请来划船高手。据经历者回忆，比赛前一天，桂林所有旅社、客栈都住满了前来观看的人，竞赛当日，每船还指派了两名警察坐镇，以免出事。是时，象山、伏波山上都站满了人，可谓人山人海，盛况非凡。

划龙船就要唱龙船歌。桂林龙船歌流传在本地的各个版本略有不同，南郊与北郊，东郊与西郊，在曲调上大同小异，有些差别，在唱法上却非常自如。根据唱词变化，曲调也随之变化，没有固定的唱本。但有一例外，漓江（大河）龙船歌与桃花江（小河）龙船歌有着迥然不同的风格。漓江大河龙船歌，为八首一组，而桃花江小河龙船歌是十三首半一组，数量上就相差了五首半。

因为漓江与桃花江双双流经桂林市区的城东与城西，汇合于象鼻山下，形成了漓江与桃花江两套同源同宗的龙船歌。唱大河歌的船队扒进小河，仍唱大河歌；唱小河歌的船队扒进大

霞映桃花江　刘航建 摄

河，仍唱小河歌。《中国民间歌曲集成·广西卷》在推荐漓江龙船歌（灵川版）与桃花江龙船歌（甲山版）时，热情地评价说："这两套龙船歌在我国民俗音乐中具有很高的历史价值与艺术价值，是不可多得的民族文化珍品。"

我1979年调入桂林市群众艺术馆工作，曾经收集到八首桂林龙船歌（应是大河歌），序号是：1.集人歌，2.出船歌，3.游船歌，4.划船歌，5.连船歌，6.赢船歌，7.贺歌，8.哭龙歌。这是按联唱形式组合成的一套完整的组曲。组曲富于鲜明的劳动节奏，头三首是表示集船到游船的过程，速度平缓；第四首划船给力，速度加快；唱到第五首时顿音移到强拍，速度放慢；第六首表现出得胜的愉快心情，速度又转快了；第七首行船将靠岸，水手们边饮酒边欢唱，节奏流畅；第八首表示将船扯到岸上的紧张劳动情绪，唱得干脆而有气势。

桃花江龙船歌流行于城西桃花江流域甲山乡芦笛岩张家里、庙门前和于家庄一带，这是一套雄壮、苍劲、古朴又风趣的原生态龙船歌，素有"十三首半"（如加上贺歌共十五首）之称，人们习惯地以"小河歌"定位。歌名是：1.开船，2.游江，3.二江，4.转艄，5.上滩，6.招旗，7.催艄，8.饮酒，9.喊兵（一），10.喊兵（二），11.装龙头，12.得胜，13.收兵，14.拉船，15.贺歌。据桂林知名音乐家徐承翰介绍，当年他们在桃花江畔访问张荣双、于志成、张三九、张伙弟和张九连等五位民间艺人，歌手那高亢的嗓音和浓重的甲山口音演唱，为他们塑造了一幕惊山川、泣鬼神、动民心的画面，让人有身临其境般的感受。这套龙船歌直到1980年采风时才进入音乐家的视野，经他们进行了抢救性的采录才得以传世。而漓江的大河歌却在1958年“大跃进”年代就为前辈音乐家所赏识，早已进入广西民歌选集的珍品名录了。

小河歌与大河歌的共同特点是：1.乐汇的结构与取材基于奇山秀水，方言俚语，我们可从旋律线上基本分出“山的清音”与“水的清音”；2.歌曲演唱上以唱“字”不唱“词”为主，充分表现音乐抒情的潜能，什么干瘪的“词汇”也无法取代方音方言的韵味与特色；3.曲式结构较自由，顺理成章，自成一格，不受外来音乐的干扰；4.演唱者（也是扒船者，又称桡丁）感情十分投入，“船就是我，我就是船”，不论人数多少，都能造出惊天动地的现场氛围和艺术效果来；5.文化含金量较高的贺歌的比赛，比的是肚才、口才、文才、人才，打出的是地地道道的“桂林文化牌”，好看好听极了。

小河歌最明显的特色是：1.结构较庞大，与扒船的现实景象吻合，如表现船在水里的操作比较细腻，有《游江》《二江》《转艄》《上滩》《催艄》等多首类似的曲子可以灵活选用；2.音乐语汇较复杂，如《得胜》的模仿唢呐有腔有板，《饮酒》刻画的醉态惟妙惟肖，《喊兵》（一）（二）虽然歌名相同，但志趣各异；3.以八六拍子和八五拍子的旋律节奏与线条为主，避开了大河歌粗线条的四二拍子和四三拍子，使人豁然开朗。

古人云：“桂林无杂木，山水有清音。”桂林两套龙船歌是原生态的桂林龙舟风俗大曲，大河龙船歌旋律粗犷奔放，节奏铿锵有力，战斗气息浓郁，小河龙船歌用音细腻，线条婉转，句句求美，余音幽远。正是“山水有清音”的明证。

（感谢徐承翰老师接受采访）

芦笛古乐情缘

芦笛岩旁桃江畔，风景秀丽，人文荟萃。在唐代，这里曾经产生过广西第一个状元赵观文。2008年7月，广西壮族自治区人民政府授予出生在这里的画家阳太阳“人民艺术家”称号。阳太阳在油画、水彩画、中国画等领域取得了卓越的成就，为中国美术创作事业和广西美术创作事业的发展做出了杰出的贡献，他是漓江画派的开拓者、旗手和领军人物。庙门前村正在兴建阳太阳广场，这里将竖立画家的铜像。我来这里采访，向产生过大文学家、大美术家的胜地致敬，深切感受这里丰厚的历史文化积淀，浓郁的民间文化气息。

远远地我听到从张家里村传出的古色古香的音乐声，我循声进村，径直来到“观文楼”（以赵观文名冠之的村文化室）。村民们唱的是《桃花江龙船歌》（又称“小河歌”），一块黑板上标注着“催艄”“饮酒”“喊兵”“得胜”“收兵”等唱段的内容。另外一块黑板上写着“彩调小段”，有16句之多。这并不是我们熟悉的传统彩调段子，而是新编唱词，其中有几句是：

傩舞表演赛　蒋小林 摄

春寒料峭手足亲，
天爱地护共温馨。
弟兄姐妹同心结，
忠爱娣仁甚欢欣。
古乐新声芦笛唱，
非遗盛世逢大运。
美丽中国世纪梦，
光明山舞永光明……

各族人民欢度“三月三”　阳正祖 摄

芦笛岩就在光明山的半山腰，此山亦是张家里村的后山。

这段彩调充分表达了作者与乡亲们的兄弟情义。我刚念完，那位陪同我们的、村演出队的女队长就说：“这是徐老师写给我们村的，我们把它谱成彩调来唱。”言语中有几分感恩和自豪。我忙问：“徐老师，哪个徐老师？”她说：“就是叠彩区的徐老师。”“是徐承翰老师吗？”她说正是他。

我熟悉徐承翰老师，因为我曾是他的邻居。那时，大约是20世纪50年代末期，他和我都从湖南来到桂林，同住在八角塘这条不起眼的小街上。他大我一轮，我上小学，他已经是“社会青年”，在街道做着不领工资的“扫盲校长”工作。因而我一直到现在还叫他“徐校长”，他发表作品也经常用“笑长”这个笔名。1959年10月，他经过考试成了城市公社专职的扫盲

跳大神　王熙 摄

教师、街道干部，这才在桂林扎下根。他有家学渊源，从小就热爱音乐。他在桂林市首创街道老、青、少“三代歌咏队”，每周教唱一首歌，那时我就跟在他的屁股后头学唱歌了。我有感于此，写了一则消息，发表在1961年8月29日的《桂林日报》上：

为了活跃群众文娱活动，三皇公社文化站每周星期二举行

春耕时节　姚佩鹏 摄

红歌教唱晚会。开展这项活动几星期来，先后教唱了《红色娘子军连歌》《洪湖水，浪打浪》《毛主席走上天安门》等。到会的有五六十岁的老人，也有几岁的小娃娃。

我还知道徐老师一直未离开过基层，他上过多所音乐函授学校，在好多位音乐家门前拜师学艺。他创办了“叠彩音乐学校”，又策划和实施了辖区多项音乐活动，培养过很多音乐人才，现在有的已经成为大学教授。他共创作了500多首歌曲，出版了桂林童谣《月亮巴巴》等。更为奇特的是，在1990年叠彩区人大选举中，他在预选不是候选人的情况下，竟选成了区人大副主任。后来他就在这个职位上退休了。他是在桂林市群众文化中工作年限最长、经验最丰富、功底最扎实的“文化符号”，值得我们景仰。

我决定采访他。可是，他住院了。但他没有拒绝我的采访。于是，今年八九月间，我在桂林市第二人民医院他的病榻前，两次和他长谈，记录下他与芦笛岩、桃花江古乐的不解情缘，还原出一段历史：

1980年，在中央有关部门的部署和领导下，《中国民间歌曲集成》等十大文化集成工程在神州大地铺开了。桂林市也组成了本市民间音乐的普查、收集与整理小组。这是一个专业性非常强的技术活。桂林音乐家朱克坚、马永忠、徐承翰三人接受了这一光荣的任务，共同工作了三个月。采风很辛苦，多数时候要等到农民收工后，他们才摸进村，和农民细说慢谈。一辆旧单车，一支手电筒，一个砖头似的录音机，伴随着他们走南闯北。无论是晴天，还是雨天，他们行进在乡间的小路上。当时桂林有九个公社，他们全都走遍了，生怕遗漏了“瑰宝”。

张家里村民在徐承翰音乐会上表演龙船歌　李侃 摄

下乡之前，就听说芦笛岩下有跳神（即乡人傩）的风俗。当他们走进窑头大队部一了解，果然名不虚传。有一位名叫张荣双的民间艺术家在冷冻厂做工。这样，他们十分荣幸地结识了这位芦笛岩下的奇才。老张师傅，当年55岁，中等身材，目光炯炯，嗓音洪亮，言语和善，表情生动，很好接近。他曾经多次参加省市会演，十分理解音乐家们的工作性质，爽快地答应了录音请求。于是，在临时搭起的录音棚里，开始了双傩笛齐奏、双傩鼓伴奏所营造的三十六神七十二相一百一十四首大型组曲的美妙无比的音乐录音。

徐老师对我回忆，这是多么奇妙的音乐！其结构之宏大，旋律之新颖，节奏之别致，调式之多彩，气势之不凡，是任何我们已知的地方音乐语言都不能取代的，傩就是傩，体系完整，自成一家。只有在张家村于家庄半山腰上的世界级大自然艺术之宫芦笛岩才能听到，也只有在芦笛岩才能对它作出最绚丽而恰当的诠释与演绎。采访的四位民间艺术家双笛双鼓的表演是如此的默契、和谐、自如、炉火纯青。尤其是张荣双的超强记忆，这一百多首曲子及唱词他从从容容地倒背如流，轻轻巧巧地指挥若定，令人惊叹，令人折服。记得当年已76岁高龄的于志成师傅说过，从他家先祖的墓碑上得知明朝嘉靖年间他家就有人从事“南乐”的演奏了，可见这套傩乐历史之悠久，家传之渊远。我们今天称之为“芦笛古乐”岂不是实至名归了吗?

徐老师说，正如芦笛岩一个洞天套一个洞天、游人随着导游渐入佳境一样，他们在录音的间隙休息时，问几位师傅：“你们会唱龙船歌吗？”谁知他们一听兴奋极了，又为我们揭开了桂林民间音乐的另一层美丽的面纱：“会！我们小河（指桃花江）龙船歌十三首半，大河（指漓江）龙船歌八首，我们小河歌好听得多啊！”第二天，张荣双师傅又请对小河歌十分内行的张九连师傅来助阵，五个人现场为采风的音乐家们演唱了小河龙船歌。这些歌后来都被收进了《中国民间歌曲集成·广西卷》。

这时我说，那么好的桂林傩乐（跳神音乐），好像在20世纪出版的《中国民间歌曲集成》中并未收入，是什么原因？徐老师的回忆带着苦涩，他说，从1980到2001年的20年里，这一套举世无双的美丽套曲及其录音带躺在我们的抽屉里，被认为有“迷信色彩”没人敢问津。因此当他进入古稀之年后，常常为此内疚，觉得对不起当年热情传授古乐给他们的四位民间艺术家，千百年的优秀音乐就断送在我们这一代人的手里了。

然而，时代在前进，历史翻开了新的一页，被埋没的金子总会发光。2001年初，机会来啦！桂林市艺术研究所接受了编辑《中国民间音乐集成·桂林卷》的任务，而且又请他们三人参加编纂工作。他们接受20年前傩乐被指为“迷信”的教训，就从音乐演奏形式出发将之改名为《桂林双傩笛齐奏曲集》而被采纳编进了《中国民间音乐集成·桂林卷》。我听到这里，心情极不平静，我望着这位病榻上的老人，他的双眼正闪烁着智慧的亮光，是他们的“规避”使傩乐得以公开出版。

在重新订正《桂林双傩笛齐奏曲集》时，徐老师与籍贯在于家庄的音乐家于润发（任职桂林雁山区文化馆馆长）一起重返张家里村采访，村口迎接他们的只有张三九一位老人了。其他三位老人，尤其是他们中年龄最小的张荣双，也没等到听到报喜就走了。然而，老当益壮的87岁的张三九，仍然为他们吹起了《公王》（又名《令公》），感人的旋律在芦笛岩下芳莲湖边响起，引来了热爱“南乐”的乡亲们。不久，徐老师将新编的《桂林双傩笛齐奏曲集》复印本工工整整地装订好，题上十六个字的赠言：“芦笛古乐，代代传承；古为今用，五彩纷呈。”并将此送到张家里去。张三九老人十分高兴，想教儿孙们学习。徐老师还表示如果他们读谱排练有困难的话，他会随叫随到的。事后听说，就是在他们访问后几个月，张三九老人也走了，那次见面竟成永别。

非物质文化遗产终于得到抢救。徐老师本以为这件事已告一段落，他也安心了。可是，2007年3月9日一个电话打过来：“你是徐老师吗？我是张家里新上任的村主任，我们建起了一座三层楼的文化室，组织了彩调队，我们还想把村里的南乐搞起来。可是你送给我们的那本歌谱弄丢啦。你还有吗？”当天下午，年轻的张建新村主任开着一辆面包车，将村里老少三代文艺爱好者的近十位代表带到徐老师家里，听他讲张家村的文化底蕴和当年老前辈如何教他们南乐的故事。徐老师非常感动，将此事告诉了正在病中的马永忠老师，他翻出了当年录音的母带请人刻CD碟。他们真正从灵魂深处感悟到，张家里村的现任领导们有远见卓识，在创建文明村的时候想起了祖宗留下的文化遗产，想起了当年进村采风的音乐家，想起了以新的理念来诠释与弘扬乡土文化。

就在这次会面后一个月，清明节的晚上，徐老师代表27年前去该村采风的三位音乐家，将一本完整的《桂林双傩笛齐奏曲集》和CD碟赠送给村委会和文化室，该村民间的老艺术家们演奏演唱的傩乐和桃花江龙船歌——芦笛古乐还乡啦！27年前本村的张荣双、张伙弟、张三九和于家村的于志成四位已故民间老艺术家的双傩笛齐奏曲一百一十四首及桃花江龙船歌十三首半的演奏演唱录音与曲谱，在该村新建的“观文楼”二楼大厅展示和奏响。这是乡村盛大的节日，老乡们奔走相告，纷纷前来聆听。尤其是老艺术家的亲人们回忆起当年的情景，往事历历，情难自已，久久围坐，相视微笑，沉浸在这古老而又亲切的音乐声之中。

徐老师最后对我说，民间艺术家们交到我们手里的艺术瑰宝，终于走出书斋回到了故乡，回到了亲人之中，后继有人，再放光彩，我们也就放心了。

啊！芦笛古乐——双傩笛齐奏曲、龙船歌、彩调——生在民间，长在民间，必将永驻民间。

（感谢徐承翰老师接受采访）

鲁家村的『豆腐宴』

桃花江像一条美丽的绿丝带，把桂林两个著名的景点——桂林城徽象鼻山和“大自然艺术之宫”芦笛岩连了起来，当你在如此飘逸、柔顺的江面上泛舟，在不知不觉驶入梦境般的桃花湾时，眼前倏忽一亮，一座崭新的村庄出现在了你的面前。

鲁家村是缀在这条绿丝带上的一颗闪闪发亮的明珠。

我举目望去，这就是昔日卖豆腐的鲁家村么？破旧的房屋不见了。一个国家级的生态旅游新村正在向你微笑……

20世纪60年代初，我在离鲁家村不远同样是桃花江边的桂林中学上高中，这所学校最初是李宗仁夫人郭德洁创办的，原名德智中学。我们经常走过鲁家村，从跳石上面边蹦边跳跳过桃花江。当时给我印象深刻的是，这个村庄是一个“豆腐村”，全村不少人在做豆腐、卖豆腐。大凡桂林的大街小巷，都能看到挑着桶装水豆腐的鲁家人，尤其是鲁家姑娘、嫂子们的叫卖声：“豆腐耶，鲁家豆腐耶——”悠长而甜润，一直飘进人的心脾。

鲁家村历史悠久，该村居民原为明代从江西吉安迁来的

鲁家村豆腐宴　刘航建 摄

桃花江畔 秋月映荷影 飞凤凌空
箫笛合奏 桂地樵歌唱舜尧盛世
圆满成功

欧阳人家，他生有五个儿子，后分为五家，俗称伍家村，因“伍”与“鲁”发音相近，人们误把“伍”读成“鲁”，后以讹传讹，伍家村也就变成了鲁家村。欧阳姓氏也变成阳姓，故该村居民多姓阳。先人看中这里位于桃花江畔（旧称阳江），依山傍水，绿树掩映，北溯芦笛岩，南扼飞凤山、笔架山，四周田畴纵横，风光旖旎，续桂林老八景之一的“阳江秋月”就在这里。这真是现实版的“世外桃源”。20世纪80年代，该村有一过江曲桥，拍摄电视连续剧《西游记》时，到这里选景，孙悟空飞跃腾空的片头就在此拍摄。如今每当听到歌曲“你挑着担，我牵着马，迎来日出送走晚霞……”我就很自然想起桃花湾，想起鲁家村的曲桥和曲桥下的一湾碧水。

“其实，我们那时很穷。”好多年后，开着大自然私房菜馆的年轻老板阳志宏对我说：“那时，我们鲁家人起早摸黑打豆腐，只是为了养家糊口。”这点，我清楚，因为到了21世纪之初，我见这里仍是几十年前的陈年老屋，显得很破旧，这与周边美丽的桃花江田园风光极不相匹配，就像一件漂亮的衣服披在一个邋遢姑娘的身上。

村民们很想改变这种状况。改革开放之初，他们开始办起了小餐馆，专营豆腐鱼，有好几家小赚了一笔。虽然往前走了一小步，但鲁家原有房舍破旧，布局杂乱，功能不全，档次不高，豆腐菜也仅仅是少数几家的小排档，红利分配不到大家，严重制约了发展。这种状况不能继续下去了。秀峰区委、区政府紧紧抓住桂林贯彻国家旅游综合改革试验区的契机，把大力发展生态旅游和推进城市化建设结合起来，在实施桂林市“两江四湖”二期配套工程中，对鲁家村进行改造。

政府决定整村拆迁，但要做通习惯传统生活的农民的思想工作谈何容易。从2010年初，政府派出精兵强将组成工作队进村，仅用了100天时间，便完成了65户130栋（处），总面积16863.6平方米的拆迁任务。旧村拆迁之前和新村建成之后，我多次到这里访问，并应约为鲁家村写节目。这个节目是根据真实情况创作出来的，亦是我的有感而发，读者诸君从中可见鲁家历史性的变化。谨录于后：

鲁家村新歌（小彩调）

[音乐过门中，一队演员踏着欢快的锣鼓点上。

众　树上喜鹊叫喳喳，

天大的喜事到鲁家。

锣鼓声声开新村，

乡亲们乐得笑哈哈，笑哈哈……

你看那，青砖黛瓦流古韵，

池塘碧波映桃花，

鲁家村的豆花真好吃　蒋素娟 摄

青石板路通幽径，

小桥流水看落霞。

领、众　鲁家原是个穷山洼，

日子过得紧巴巴，

改革开放卖豆腐，

小打小闹利不大。

[进入情景。演员中走出乙——工作队张队长，他手执规划做宣传。

政府决心拔穷根，

美好图景细描画。
工作队进寨做宣传，
神采飞扬满嘴吐莲花。
乙（张队长） 不离乡土照样当老板，
未来的美景是狗撵鸭子——叫呱呱。
众（白） 张队，真有你说的那么好么？
乙 建设特色生态旅游新农村，
数票子要数得你手发麻！
众 哪个不想日子好，
甜心汤圆还要拌芝麻。
（白） 我们同意改造旧村，拆掉老屋，快拆吧！
甲（二嫂，白） 莫信他！鬼话！
牡丹画得美又大，
只怕是朵水中花。
哪个信了是哈（傻）崽，
到时后悔喊爹妈！
众（白） 二嫂，我们都拆了，你什么时候拆啊？
甲（白） 拆，拆，拆你个鬼脑壳！
我的排档我的家，
我的老屋我的豆腐花，
我下半辈子哪门过哟，

（白） 还不如……

众（白） 还不如——怎么样啊？

甲 死到河里喂鱼虾。

[甲欲跳河，一步一步向河中走去……

众（白） 二嫂跳河了！

（白） “豆腐西施”跳河了！

甲（一步一回头，白）要我拆，我死给你看！

[乙赶来救起甲。

乙（白） 我来晚了一步。二嫂！

二嫂你莫担心莫害怕，

暂时困难我们克服它！

贷款、领证全帮你办好了，

就等你过渡屋里去当家。

[乙递本本给甲。

甲（白） ……这是真的吗？

众（白） 你的名字都写在上面了，还有假？

甲（白） 哎呀，张队——

请原谅我眼不亮心不明，

是个头发长见识短的女人家，

一心想到老屋小餐馆，

舍不得坛坛罐罐破瓦碴。

（白） 张队，谢谢你！

众 张队含笑不答话，

捋起袖子帮搬家，

从清早忙到麻麻黑，

汗珠摔在地上成朵花。

众（白） 这个张队长那样子这么好啊？

丙（白） 你们想听答案嘛……

众（白） 怎么样？想听，想听。

丙（白） 我晓得！

众（白） 你晓得什么呀？

丙（白） 他说过（模仿张队）——

“打江山，坐天下，

共产党和人民是一家，

哪个叫我是党员，

为人民服务牢记它！”

众（白） 说得好！怪不得他工作这么给力！喂，喂，他的事情，你怎么晓得这么多啊？

丁（一群众，白） 你们还不晓得吧，她呀，就是张队新过门的媳妇——那个她呀！

众（白） 原来是这样！哈哈哈！

说鲁家，唱鲁家，

鲁家新村是枝花，
枝繁叶茂人人爱，
全靠众人浇灌它。
党指大道我们走，
无限美景通天涯。

我是鲁家豆腐菜的常客，长期以来在我内心隐藏着一个疑惑：不就是豆腐嘛，全中国哪儿没有？黄豆磨的，柴火烧的，石膏点浆，我家乡过年时也有不少豆腐菜，味道也是可以的嘛。为什么鲁家豆腐名气这么大？这个疑虑趁着我这次采访写文章，一定要问个究竟了。

年轻的村主任阳燕军和大自然私房菜馆的阳志宏，听了我的提问，会心一笑，我估计这个问题我不是第一个提出的人。他们告诉我，鲁家做豆腐，本是祖传的，像他们这般年纪的人，在上小学的时候，就帮助家里烧火熬豆浆了，每到过年过节总要烧几十锅豆浆。他们的豆腐，不外乎豆好、水好、工艺好。先说豆子，他们选用的是东北和安徽的黄豆，这些豆子颗粒饱满、匀称，质量上乘。但豆子与豆子又有不同，安徽的豆子亮堂，适合做豆腐；东北的豆子比较适合做豆浆。这是由两种豆子浆水不同决定的。再说水，桃花江的水是出了名的清净，带甜味，这是大自然的恩赐。先前鲁家人有凌晨三四点钟

鲁家村的豆腐　唐檀 摄

起床挑水泡豆子熬豆浆的习惯，可见对水质要求之高。其次说到工艺，虽说民间有“烧酒做豆腐，没得师傅”的说法，强调手头功夫，但传统工艺还是人人遵守的。鲁家向来用石磨磨黄豆，磨出的豆浆极为细滑柔顺，又用石膏老水点浆，自然做出的豆腐口感细腻、特别好吃。有一阵子，个别安徽人在桂林做豆腐卖，他们的豆腐发得泡，大块，价钱也便宜，才五角钱一块，因而抢走了不少生意。安徽虽然是出了名的豆腐产地，但他们的豆腐与桂林的不同，不大适合南方人口味。鲁家人坚持

欢乐的鲁家村　潘新田 摄

自己的经营理念，重视传统，注重质量，最终赢得乡亲们的认可，占了风头。

把豆腐进行“深加工”，做出多种菜肴，做强做大，这还得搭帮一个人，这个人就是鲁家人交口称赞的程延伟老人。程延伟是桂林医学院的退休干部，民建会员，1999年正值桂林市加快旅游业改革和发展之际，市政府颁布了一项规定，允许个人或集体在桂林市建设弘扬地方文化的旅游项目，他决定利用这个机会，响应“动员全社会力量发展旅游”的号召，帮助一个自然村脱贫致富。经过考察，他发现鲁家村美丽的风景和村民窘迫的生活极不成比例，他要全力帮助鲁家村。当时的鲁家“又穷又邋遢”，正是因为穷困不文明，由于饮水不洁，10多个村民患肝癌去世了。

他首先在鲁家村实施“桃江诗书情韵”碑刻工程，发展乡村文化旅游。2000年3月，程延伟开始着手这项工作。为了买到好石料，他爬上了几百米高的山坡；为了收集桂林书法名家的作品，他四处奔走，磨破了嘴皮，道尽了好话，像阳太阳、黄云、张开政这样的书法大家都为他贡献了墨宝。石料和书法作品筹备好之后，他又买来工具，与两位师傅一道镌刻碑文。他一个人雕刻的石碑就有20多块。经过9个月的努力，这项50多块碑刻的工程得以完成。程延伟为此花掉了12万元。碑刻长廊吸引了许多人参观。

后来程延伟又出资在村头修建了一间70平方米的文化室。文化室刚建完，一个四川老板来到村里，表达了想在鲁家村开饭店的想法。学得一手好厨艺的程延伟灵机一动：鲁家村土法制作的豆腐味道纯正，令人回味，如果在村里搞农家乐饭店，经营豆腐菜，致富效果想必会好。他与村干部商量后，将文化室租给了该老板，租金全部归村里所有。老程与四川老板达成两项协议：只能从鲁家村请服务员和厨师；鸡鸭鱼蛋蔬菜等原料，能在村里买到的，就不去市场买。饭店开业当天，程延伟亲自掌勺，自费摆了48桌地地道道的豆腐宴招待客人，使四方宾朋大享嘴福，大为称赞。

鲁家村的豆腐菜很快赢得了市民的赞赏，加之优美的环境和诗书情韵碑刻营造的文化氛围，前来消遣的市民络绎不绝。看到餐饮业在鲁家村大有前景，程延伟专门编印了100个豆腐系列菜谱，每家每户发放一册，鼓励村民开饭店。他还组织村民前往阳朔县，考察学习农家乐经营经验。不久，村民陆续办起了七家农家乐餐馆。每到夜幕降临时，江岸灯光点点，倒影绰绰，桃花江边路上，城里来吃豆腐宴的车子排起了长龙。这就算是初步打开了局面。

集体收入的增长为改进村里的公共事业创造了条件。自2001年开始，鲁家村对基础设施进行了改造：安装了自来水，修建了公厕和水泥路，铺设了排污管，每天还派有专人打扫公共卫生。在程延伟的提议下，凡60岁以上老人过生日，村里送200元红包和生日蛋糕；小孩考取大学，村里一次性奖励3000至5000元；每年的清明节，村里出2000元经费，男女老少共同参与有益的活动。鲁家村先后被评为“桂林市文明卫生村”和“广西壮族自治区卫生村”。

有了收入，老程分文不取，他仍旧暑天一顶破草帽，雨天

鲁家村的民俗展　周文宗 摄

一把旧雨伞，骑着一辆旧单车，匆匆来去，从来不吃老乡一餐饭。有人不理解了："这个程老头，这么辛苦，到底图的是什么？"他说："不图名，不图利，只图一个乐。我这一生有三乐，助人为乐，知足常乐，自享其乐。"

2012年新村落成了，建筑面积达25600平方米的98栋桂北风格民居错落有致地坐落在桃花江畔，成为一道靓丽的风景线。不仅如此，该区扶持村民大力发展乡村特色旅游，并在新村设立了商铺区、特色餐饮区和农家旅馆区，着力打造出一个休闲度假的“都市田园”。同时，鲁家人要在豆腐美食上大做文章，要磨豆腐、做豆腐、吃豆腐，大力开发“豆腐游”，让游客仔细观摩豆腐制作工艺。体验豆腐制作趣味，并推销豆腐脑、豆浆等豆制产品。一间豆腐坊里，密密麻麻围满了人，有的在观看豆腐磨制演示，有的在等着买豆浆，让游客在游山水、品美食之余，还能受到文化熏陶。开村当天，当地百家农户汇聚鲁家新村，百桌豆腐鱼、豆腐鸡、红烧豆腐、五香豆腐、麻辣豆腐等豆腐系列的精品佳肴，供嘉宾游客及村民品尝，实在是蔚为壮观。

桂林市秀峰区区长蒋育亮介绍，鲁家新村仅是桂林市开发桃花江旅游度假区的一个实景样板。未来两年，政府将对市内桃花江沿岸的肖家村、合家村、庙门前村等七个村落进行一村一貌，一村一品的改造，让游客能更好地感受桂林的田园风光。同时，桂林将投入更多资金对鲁家村周围的数百亩土地进行农业观光景区开发，为背包客和自行车爱好者开辟一条全国一流的步行道，使桃花江景区成为真正的人间仙境。蒋区长为我们描绘出诱人的未来美景，他既有宏大的规划，也有实干的精神。他找到程延伟，细细地商量起如何更加做好豆腐文章的事。于是，他们先在鲁家村大自然餐馆精心制作了一桌豆腐宴，请区领导来品尝，一桌全是各式各样的豆腐菜，色、香、味俱佳，有的同志啧啧称奇。为了扩大影响，蒋区长又邀请程延伟在秀峰区礼堂，做了一桌豆腐菜，请更多的人来品鉴。这两次的品尝，促使蒋区长要把鲁家豆腐宴作为名牌推向社会，于是就有了在桂林五星级的漓江大瀑布饭店豪华餐厅，举行记者招待会的盛举。那天，来了有影响的传媒记者近20人，程延伟带着他的高徒，精心准备了18道豆腐菜，扎扎实实把这些走南闯北、见多识广的名记们征服了：豆腐竟然做得出这么多的花样菜？豆腐菜也能这般好吃？于是报纸、电台、电视台都关注起鲁家的豆腐宴来。

货真价实的豆腐宴，声势大张旗鼓而又实事求是的宣传，使鲁家豆腐宴声名鹊起。在2012年首届桂林地方美食评选暨烹饪大赛中，鲁家村豆腐宴荣获“桂林地方名宴”的光荣称号，阳志宏捧回了金光闪闪的牌匾，端端正正挂在了餐馆的门前。

（感谢程延伟老师和阳燕军、阳志宏同志接受采访）

芦笛岩走笔

忽如一夜秋雨洒，千树万树桂花开。

美了桂林，香了桂林。2013年9月12日，我沿着蜿蜒的桃花湾，向芦笛岩走去。蓦然闻到一阵阵沁人心脾的馨香，原来是桂花开放了！黄色的，红色的，白色的，小小的花粒缀在树梢，毫不起眼，但一经集合起来，一朵朵，一球球，一枝枝，就是一个庞大的阵营，像彩色的云锦，簇拥着，喧闹着，铺排着，拥出公园，一直到遥远的天际……

良辰美景。今天，我在芦笛岩景区办公室的小朱陪同下，由靓丽而高挑的导游李小姐，为我一人导游。这之前，我知道芦笛岩是一个“国宾洞”，接待过邓小平、尼克松等300多位国内外元首及政要。这里有全国闻名的导游班，显然，我已是元首级的待遇了。

我们的游览十分轻松，小李说，小朱说，我也说，近乎讨论式进行着。小李告诉我，芦笛岩是桂林山水的一颗明珠，未开发前岩洞口上方长着一大丛芦荻草，几乎把洞口完全遮蔽，芦笛岩因此而得名。此岩洞于1959年开始进行勘测与建设，

位于桃花湾江畔的芦笛岩　黄宝生 摄

1962年春节正式对外开放。我告诉她们，我是1957年从湖南来桂林上小学的，我就读的解放东路小学，原址就是现在的解放东路市教育局。1959年，报纸上刊登消息，说是在桂林市东郊光明山上发现了一个岩洞，这就是芦笛岩。我当时很纳闷，岩洞的形成是远古的事情，怎么现在才“发现”呢？在当时我国国民经济十分困难的情况下，建设芦笛岩花了两年多的时间。这期间，我有个同学，利用暑期到这里做临时工。他说，这个岩洞很大很深，比七星岩还要大，里头有许多千奇百怪的石头，以后要是安上彩色的电灯，一定格外漂亮。我跟随着他的叙述，憧憬芦笛岩的未来，想象着这童话般的世界……

后来，我在文化部门工作，留心对桂林山水景点做过一些调查。芦笛岩所在的光明山，从前叫毛毛头山。原来半山腰只有一个小洞口，仅容一人进出，山坡上又长满芦荻草，并不引起人们的注意。《临桂县志》里记载了光明山，但是没有说山腰有岩洞。听老辈人讲，大约是在1959年，有一位银须白发、年近八旬的老者，拄着一根拐棍，冒着炎炎夏日，来到市人民政府，向有关部门报告了这个秘密洞穴。他说：“今天，我们过着幸福的生活，再也不用为躲债避难了。我要把这个岩洞的秘密告白给天下，让它为社会主义祖国服务。”原来，这个岩洞是附近几个村落的“私家洞府”，遇到兵荒马乱，它就成了穷苦人民躲债活命的地方。洞内有两则壁书记载：“明弘治元年（1488），有当地村民施（拖）欠前（钱）粮到此。”清顺治九年（1652），有“达（鞑）兵入村，各处四乡八洞搜捉老少妇女，牵走许多牛只”，“人民杀死无数，百姓人民慌怕逃探（躲）性命入岩，逐日不得安生”等等。岩洞的存在是客观的，它的“发现”揭示出深刻的人心向背的社会因素。

小李说，芦笛岩的形成经历了漫长的年代，100万年前这里原是一个古地下湖，由于地壳运动，山体抬升，地下水位下降，地下湖变成了山洞。后来，地下水沿着山体中许许多多的破碎带流动，溶解了岩石中的碳酸钙，当地下水从岩石缝隙流到洞中时，碳酸钙就沉淀结晶出来，经过近百万年的积累，形成千姿百态的钟乳石，组成了一座“大自然的艺术之宫”。我随着她的解说，缓缓地朝前走去，这里真是一步一景，移步换景，目不暇接。我们走过了“狮岭朝霞”和“高峡飞瀑”，来到“圆顶蚊帐”处。“蚊帐”是由石幔组成的。石幔的形成与石钟乳相似。一幅石幔是由很多滴水点或者一小片渗水造成。通常是在裂隙与洞壁斜交的情况下，渗水从一小片洞顶上向下浸润或下滴，有时洞顶滴水在中途碰到岩石等障碍物，再沿该障碍物的周边向下蔓延，逐渐形成像蚊帐一样的石幔。这时，我对小李说，我们歌唱过桂林岩洞中的石钟乳，这就是我写的广西文场《奇山秀水美桂林》，兹录其中的一段：

桂林山水分外妍，
冠甲寰宇美名传。
芦笛、七星、叠彩山……
千座奇峰拥翠鬟。
更奇洞府幽且深，
坡陡台高看飞泉。
石林壮，石花艳，
石笋破土遮紫帘。
斗帐绮罗薄似纸，
犹恐口吹用指弹。
忽闻黄鹂鸣翠柳，
又见鱼龙戏飞翻。
繁星闪烁灿灿夜，
七夕鹊桥渡银汉。
金山银山花果山，
天工造物满人间……

她们重复着：“斗帐绮罗薄似纸，犹恐口吹用指弹。”真好。

走过了一座“蘑菇山”，现在来到一座“瓜菜山”，这里有许多的瓜果和蔬菜，有长豆角、莲藕、高脚白菜、花菜、冬

芦笛岩的碧莲池　刘航建 摄

瓜、花生、萝卜、丝瓜，又大又圆的西瓜，这里还有广西的特产沙田柚。由于这一带是洞顶裂隙最丰富的地方，每当雨季就会有大量的流水、滴水，还有从高处落下溅散成雾状的水珠，这些富含碳酸盐的水联合作用，造就了这一幅幅丰收图景。我被眼前的景象吸引，但又有点不满足，想想，也许是我多次游览芦笛岩，重复听过导游词的缘故，感到“审美疲劳”，便试着提出：“你们的导游词，几十年都没有变化啊，好像都是农民的语言，停留在看图说话的时空里，表现出浅层次的审美情势。能不能跟随时代，增添一些现代元素，编出几套针对不同职业、层次游客的导游词？比如说到果菜的时候，加上一句‘这些都是原生态的绿色果菜，绝对不是转基因食品’，这样就拉近了与游客的距离，更贴近现实。”她们说：“好啊好啊，李老师能不能帮我们编写一套新的导游词？”这不是我的力量能达到的，我忙说：“我是一个食客，不是厨师啊。”

再往前走，就来到了一个硕大的“厅堂”，这里恐怕可以容纳几千人吧。小李告诉我，这里是芦笛岩最宽阔的地方，最阔处有93米，最高处18米，大厅的左上方悬挂着一盏巨大的“宫灯”，把整个大厅染上了一层神奇的色彩，好像神话故事里东海龙王的水晶宫。我有点纳闷，为什么这里这么平整，空空荡荡，没有密集的钟乳石呢？小李说这有两个原因：第一，这里的岩层平缓，古地下湖的湖水顺着岩层溶蚀了整层岩石。

留下的层面平平整整，形成了这个大厅；第二，是因为这里的洞顶岩石比较完整，裂隙小，水不能渗透下来，所以钟乳石也少，洞底显得更加平坦宽阔。原来是这样。

厅堂深处，小李用电筒一指，说：“那里有壁书。”就是古人在岩洞壁上，书写的墨笔题字。芦笛岩中的壁书分布在“灵芝山”“双柱擎天”“水晶宫”等景点岩壁上，共约78则，其中南朝齐1则，唐代5则，宋代11则，元代 1则，明代4则，民国4则，年代无考的52则。这些壁书被列为广西壮族自治区重点文物保护单位。壁书多为历代文人、僧侣和游览者的题名、题诗、记事、题榜等。作者来自五湖四海。最早一件署名“永明”年号当是南朝齐武帝时（483—493）游客留下来的。唐代无等、怀信、觉救、惟则、文书、惟亮等曾于元和十二年（817）九月三日同游。怀信、无等、惟则等是唐代著名和尚，觉救则是位印度和尚，曾在洛阳白马寺翻译过《大行圆觉义经》。他是第一个游览芦笛岩，也可能是第一个游览桂林的外国人。

我曾经在参观靖江王府时，听到靖江藩王为了修筑府舍陵园，大肆滥用人力物力搜奇纳胜，大兴土木。这段历史不想在芦笛岩的壁书中得到印证。有段题记写道：

靖江王府敬差内官典宝周禧、郭宝、孟祥带队旗校人匠王茂祥、张文辉等数十人采山到此同游。丁丑岁仲夏月十有六日记。

他们又采山又旅游，想必很是快乐。

芦笛岩中的壁书还有“一洞”“二洞”“三洞”“四洞”“七洞”“腹洞”“塔”“龙”“笋”等，这已经是导游性质的记录了，是最早的旅游指示图。尤其是一则无考年代的壁书“免打损”，宣示着前人对岩洞内景物的珍爱，对后人保护钟乳石、不要损坏景物的殷切期望。

看到这里，我内心很不平静。接着上面导游词不能与时俱进而出新的话题，我想到郭沫若先生1963年的批评，他说：“七星岩中景象,好事者多巧立名目。芦笛岩重辟后,人亦效其故技。”山就是这个山了,水就是这个水了,洞就是这个洞了,景区旅游要想在现有的基础上往前发展,不停留在“看图说话”的时代，把旅游的文章做大做强，我们只能多做景区人文内涵的文章了，我随口吟哦自己的一首旧作：

山水美景是表面，
人文景观是内涵，
二者若能结合好，
桂林美名更远传。

游程结束了，一共为40分钟，进洞时一景是“狮岭朝霞”，出洞时是“雄狮送客”，芦笛岩真是与狮子结缘颇深。

走出洞外，我记得以前在岩洞口处不远，有郭沫若题写的诗碑，怎么不见了？经打听才知道因岩洞口平整地面的需要，已经移到下面了。当时郭沫若在洞口参观，见有一块空白石碑，便说这里还有一块石碑呢，陪同人员赶忙说："这正是留给郭老题诗的。"郭老也未推辞，便朝前走去，只不过十来步，立即返回，就在已经铺好的宣纸上，一挥而就：

换了人间，普天下，红旗荡漾。歌跃进，山林胜迹，同看解放。芦笛岩头枷锁破，桃花源内仙灵唱，电灯光，照耀增辉煌，翻新样。鬼斧奇，神工壮；铁臂举，银锄亮。听车轮滚滚，漓江桥上。万来支援南亩去，千崖通辟东风宕。统人天，劳逸俾匀调，功无量。

郭诗是时代的产物，在那个年代写出有那个时代印记的诗篇并不奇怪。"芦笛岩头枷锁破，桃花源内仙灵唱"，应是名句，经常被人引用。昔曹植七步成诗凡20字，今郭沫若可能多走了几步，却洋洋洒洒写了近百字，不可谓奇才。

我拾级而下，思绪绵绵不绝于胸。

（感谢芦笛岩景区管理处王磊总经理接受采访）

刘三姐与黄婉秋

在秀峰区“三月三”民族歌圩节开幕式文艺晚会上，以多民族舞蹈《百花绽放桃花湾》拉开了大幕，身着民族服装的阿哥阿妹翩翩起舞，著名演员、歌唱家、舞蹈家们共同演绎一曲曲盛世欢歌的喜庆华章。

桃花江畔，临时搭建在桃花湾风雨桥下的水上大舞台灯光绚丽。《三姐踏歌桃江来》是一组山歌大汇唱的节目，著名演员刘三姐扮演者黄婉秋祖孙三代登台献艺，齐亮歌喉，一时间台上台下，桥上桥下，热闹非凡，桃花湾顿时成了歌声的海洋。当黄婉秋唱到《多谢了》时，台下桃花江畔的人们和乡亲父老也跟着唱了起来：

多谢了，多谢四方众乡亲，
我今没有好茶饭，
只有山歌敬亲人敬亲人……

甜甜的歌声，唱出了鲁家人热情好客的一片真情，像是热

黄婉秋与参加CCTV中国梦百姓大舞台的选手在刘三姐剧场合影　魏丹供稿

茶一般温暖着八方宾朋的心。

我与黄婉秋同在桂林的文化系统工作，她还曾经是我的领导，有过工作上的交往。我编刊物时采访过她，她也为我们的《桂林文化》杂志写过介绍她拍摄影片《刘三姐》的文章。看到她们祖孙三代高唱《刘三姐》，我心中甚是高兴，默默地祝福她艺术青春永驻。

20世纪60年代，黄婉秋出演电影《刘三姐》一炮走红，蜚声海内外。一个16岁的娃娃，是怎么被选中到长影去担当重点电影主角的呢？这还得长话短说介绍点背景。话说黄婉秋在13岁时考进了桂林市桂剧团，经过三年科班学习，她技艺日进，开始上台演古装戏了，她在舞台上饰演过妲己、红娘、白娘子等艺术形象。

1960年，广西壮族自治区搞了一次《刘三姐》大汇演，黄婉秋在南宁参加演出。长春电影制片厂导演苏里看了她的演出，找自治区文化局的负责人要了一张她的照片，然后记下名字就离开了。没有过多久，团里收到一封长影的来信，团领导将来信转给了黄婉秋。信的内容很简单，说长影正在筹拍《刘三姐》，让黄婉秋到那边去试镜头。就是这封信，改变了她一生的命运。

在长影，她拿到一份电影分镜头剧本。这个剧本与她以前演出的戏本一点都不同，她根本就看不懂什么远景、中景、近景、特写这些技术名词。苏里导演对她进行了电影ABC的启蒙教学。剧组分配给黄婉秋的角色是演小舟妹。刘三姐由比她年长的四位演员试拍。不管轮到谁拍戏，她总是集中精力在一旁观摩、学习，她这种勤奋好学的精神，引起了苏里导演和摄影师郭振林的注意。试镜样片拍完后，立即送审，不巧，四个候选刘三姐的演员都没有通过。一天早晨，摄制组开会传达了领导另选演员的意见。散会之后，苏里导演和郭振林把黄婉秋留了下来，说："小黄，你表演几段刘三姐的戏看看。"一听这话，黄婉秋就懵了。等镇定之后，她就平静地走进了摄影棚，神情自若地试演了“绣绣球”。她动情地唱道：

花针引线线穿针，
男儿不知女儿心，
鸟儿倒知鱼在水，
鱼儿不知鸟在林。

她一双眼睛，含情脉脉，整个人沉浸在思念情人的幸福之中。当时就有人喝彩：“太好了，她的眼睛会说话呢。”但苏导没有动声色，又让黄婉秋表演一段“骂财主”的戏。这与唱情歌的百般柔情相比，是完全不同的两种感情，反差很大。不一会就听到有人在场外说出莫怀仁的台词：“刘三姐，我劝你不要辜负了我一片好心！”这时黄婉秋放声唱道：“多谢了，多谢你这好心人，谢你拦路刀一把，谢你捆人绳一根！”又有人叫起好来。这时苏里导演频频点头，果断地说：“婉秋，你来演刘三姐，怎样？”苏导一下子把这个大大的问题推到了小小的黄婉秋面前，她感到措手不及，虽说自己还小，但也懂得影剧界论资排辈的规矩，觉得不好取而代之别人的角色，何况全剧唱歌的录音已经全部录好，这未免不妥当吧？她向导演反映了自己的想法。苏里说：“你这孩子真善良。这些你都不要

黄婉秋在鲁家村一展歌喉　王仲康 摄

管，我们会处理好的。我们上上下下只有一个共同的愿望，就是把这部影片拍得让观众满意。”黄婉秋的试镜样片很快送到北京和南宁，领导一致同意她出演刘三姐主角。

以后的事情不用多说，在长达九个月的时间里，剧组全体同志历尽艰辛，终于胜利完成任务。1962年影片上映，一下子《刘三姐》的形象和脍炙人口的山歌轰动了全国。1964年和1978年，《刘三姐》第二度、第三度上映，创造了一而再，再而三的成功奇迹，按20世纪90年代的票房计算，该片总收入达到7000多万元。一位香港观众连续看了99遍电影，寄来99封观感，并表示还要再看第一百遍。从中我们可以看到《刘三姐》的特殊魅力。黄婉秋获得了巨大成功。

在这里我不想提及十年浩劫，我不想记述“文化大革命”中黄婉秋被斗争、被凌辱的悲惨境况，那是几乎所有著名演员共有的遭遇。她在沉寂了17年后始得彻底平反，这时已经是春暖花开的1978年，《刘三姐》再度公映了。

几十年来，在桂林，提起黄婉秋，大家交口称赞，都说她是一个德艺双馨的文艺家。饰演刘三姐，她塑造了一个敢爱敢恨的壮族女歌手的形象。17岁的她在艺术上就达到了如此高的境界，她是有骄傲资本的。由于电影《刘三姐》给人们的印象深刻，所以她就成了人们心目中的刘三姐，不管她走到哪里，人们都叫她“刘三姐”，她自己也深深地爱上了这个角色，更希望通过这个角色来弘扬中国的传统文化，可她总是谦虚地说：“有人把我比喻成刘三姐，我想大家这样关注我，实际是把对刘三姐的爱集中了起来，我17岁演电影，确实是个才学唱的画眉鸟，是导演和摄制组的全体同志帮助了我，才取得这点成绩。我哪能和三姐相提并论呢？如果三姐在天有灵，还要请她不要因我不能很好表现她而怪罪于我呢！”在日常演出事务中，她不挑选角色，只要是需要，小角色她也乐意去演，小彩

彩调《刘三姐》　王仲康 摄

调、小文场她都演过，同样那么认真。在公众看来，她是著名表演艺术家，但她从不端着艺术家的架子，下了装和普通演员一样，一样的搬布景、扛道具，一样的有说有笑。1995年，桂林市曲艺团准备参加全国曲艺会演，向作家们征集剧本，当时我持新作广西文场《春兰吟》到文化局创研会上去参评。这是一个因兰花缘起而歌颂朱老总的小节目，不期受到黄婉秋的欣赏。她在导演这个节目时，不因其小而敷衍，十分认真负责地讲剧本、做示范，当时桂林天气异常炎热，汗水湿透了她的衣裳，她还跪在地上做示范，她的敬业精神使我们在场的人为之感动。这个节目后来荣获了曲艺节牡丹奖、广西文艺创作政府铜鼓奖、文化部文华新节目奖。

“广西刘三姐黄婉秋”，这是黄婉秋印在名片上的称呼，她说:“各种头衔都是暂时的，刘三姐才是永恒的。”在刘三姐的身上，体现了一种健康淳朴的传统美德，作为一名女演员要自重自爱，老老实实演戏，清清白白做人，这是艺术人生的最高追求。为了弘扬和传承刘三姐的人文精神，她上下求索，始终不懈地前行在路上。

（感谢黄婉秋老师对本文的支持）